LE MONDE D'AVANT

DU MÊME AUTEUR

L'Impromptu de Madrid, Flammarion, 1988.
La Nuit des masques, Flammarion, 1990.
Carnet de bal, Gallimard, 1992.
L'Œil du silence, Flammarion, 1993.
1941, Grasset, 1997.
Étrangers dans la nuit, Grasset, 2001.
Carnet de bal 2, Grasset, 2003.
Les Menteurs, Grasset, 2004.
Une saison sur la terre, Grasset, 2006.
Mignonne, allons voir..., Grasset, 2008.
Eh bien, dansez maintenant..., 2008.
Théorie du chiffon, Grasset, 2010.
Carnet de bal 3, Grasset, 2011.
Nus vénitiens, Seghers, 2012.
Tu n'as pas tellement changé, Grasset, 2014.
Trésors du Quai d'Orsay, Flammarion, 2014.
Discours de réception à l'Académie française, Grasset, 2017.
Quarante ans, *Journal 1997,* Grasset, 2017.
Carnet de bal 4, Grasset, 2019.
La Princesse et le Pangolin, Équateurs, 2020.
L'Année du Coq de Feu, Grasset, 2022.
Mystère au zoo, éditions du Muséum, 2022.
Le Duc et le Comte, Équateurs, 2022.

MARC LAMBRON
de l'Académie française

LE MONDE D'AVANT

BERNARD GRASSET
PARIS

ISBN 978-2-246-83314-7

Pour Jacqueline, Monique et Rachel

« Riches ou pauvres quoi qu'on fasse sur la Terre
Notre existence est une chose éphémère
Et des pendules le tic tac incessant
Semble nous dire "Tout passe avec le temps". »

Paul DALBRET,
« Si l'on pouvait arrêter les aiguilles »

« J'ai parlé du sentiment de l'unité épique de la vie qui a commencé à se perdre au début des années soixante. »

Claudio MAGRIS

« Les classes d'esprit n'ont pas égard à la naissance. »

Marcel PROUST

Dans un court-métrage de 1995, *Imphy, capitale de la France*, le réalisateur Luc Moullet préconise de déclasser Paris, « ville très humide, froide et sans soleil », engorgée de voitures et menacée de surpopulation, au profit d'une nouvelle capitale détachée de la métropole principale, comme il en va de Washington, Berne, Ottawa ou Brasília. Avec un humour pince-sans-rire, se mettant lui-même en scène, le professeur de géographie du cinéma français propose d'implanter la capitale au centre du pays, dans la cité nivernaise d'Imphy. Se rendant alors sur place à la manière d'un Jacques Tati rural, il suggère d'une voix traînante, campé au bord d'un filet d'eau et de friches herbues, d'installer sur ces sites le ministère des Finances et le siège de Canal Plus. On est en pleine cambrousse, l'ironie pataphysique n'étant pas exempte, dans son paradoxe, d'une pointe de condescendance.

Sans esprit de remontrance, on aurait quelques raisons d'apporter un correctif à cette vision un rien brouillonnée. Elles peuvent être personnelles. Elles sont généalogiques. Chacun gîte près de son clocher. Chacun vit au gré de sa mémoire.

En réalité, la ville d'Imphy est moins désertique qu'il a plu à Luc Moullet de le croire. C'est même un exemple du glissement historique d'un village vers la grande industrie. Connu au IXe siècle sous l'appellation d'Amfiaco, le lieu-dit se vit cartographié vers 1490 sous le nom d'Ymphy. On y retrouvera en 1857 un trésor carolingien composé d'une centaine de deniers d'argent. À l'époque de Colbert s'y était installée une manufacture d'ancres marines. En bord de Loire, dans l'étendue herbeuse de la grande campagne nivernaise, avec ses fermes et ses clochers, des fours ardents préludaient à un nouvel âge de fer. Au XVIIIe siècle, la famille du marquis d'Arquian place ses espoirs dans cet esprit encyclopédiste et industrieux qui s'attache à installer les machines du progrès dans une campagne déshéritée. En 1816, les frères Guérin louent la forge et les terres riveraines, où va se développer au long du siècle l'un des fleurons de la métallurgie française.

Au cœur d'un paysage dont les parages restent agricoles s'édifient des bâtiments à la pointe de la révolution industrielle. Forges à creuset, moules pour tôles laminées de cuivre et d'acier, travail du nickel, installation des premiers fours Bessemer. On recrute des ouvriers dans les campagnes du sud nivernais, encadrés par des ingénieurs venus de Dijon et Paris. À une douzaine de kilomètres de Nevers, la ville d'Imphy évoque alors une cité à la Jules Verne plantée sur les berges de la Loire, à la façon des houillères d'Aberfoyle dans *Les Indes noires* du grand Nantais. Le bruit des pilons résonne hors des murs, les bâtiments à dos d'éléphants métalliques abritent l'usinage d'énormes ensembles, armatures de ponts ou cuves de cargos. Vers 1885, un des pieds de la tour Eiffel y sera forgé. Chaque jour résonne la sirène appelant les ouvriers à la rotation. Aux heures de chauffe de la fonderie, les cheminées crachent un brouillard de particules qui encrasse le linge des quartiers environnants.

Intégrée à la Société de Commentry, Fourchambault et Decazeville, l'aciérie d'Imphy va rester à la pointe du manufacturage des aciers spéciaux. En 1911 y arrive Pierre Chevenard, futur membre de l'Académie des sciences, suprême expert en alliages de métaux, qui a laissé dans les mémoires locales une légende de savant Cosinus, génial mais distrait. L'homme sortait dans les rues en pyjama pour réveiller ses assistants à toute heure de la nuit. Lors d'un dîner, il prit sa serviette de table pour un pan de sa chemise et la rentra dans son pantalon. Disparu en 1960, Chevenard resta jusqu'à la fin l'âme ferreuse d'une cité de coulées brûlantes. Aujourd'hui encore, son legs s'inscrit dans les panneaux indicateurs bornant les entrées de la ville : « Imphy, capitale des aciers spéciaux ».

Tel était le lieu au début du XXe siècle, avec toutefois une particularité paysagère qui aurait pu intriguer le voyageur. Si des quartiers ouvriers avaient essaimé sur l'emprise de la commune, nommés les Cours, les Petits Champs, les Cantines, ce n'était pas à la manière des courées du Nord, alignements de maisons ramassées à l'ombre des terrils, mais selon le hasard plus aéré d'un ancien bâti rural, l'aléa des chemins et des bosquets ayant décidé d'une trame d'habitat où subsistait un esprit de jardin. On allait vers le monde d'Orwell, mais il était ourlé d'une campagne à la George Sand. De sorte que quelques coups de pédale portaient assez vite le cycliste vers les ombrages des futaies et les saulaies du fleuve. Un salon au fond d'un lac, écrit Rimbaud. L'usine d'Imphy était comme une île de métal posée sur un plateau de frondaisons.

Pierre Denis naît en 1902. Sa mère, Claudine, meurt de la rougeole quand il a 6 ans, le laissant orphelin comme ses deux sœurs. Son père, Étienne Denis, enfant naturel né en 1876, était sabotier à Verneuil. Ami des forêts et des oiseaux, il mourra au pied d'un arbre. Pour l'heure, le veuf se remet assez vite en ménage avec une marâtre sans tendresse. Petit Pierre est placé dans la fermette d'une tante. Alphabétisé à l'école communale, il n'en est pas moins requis pour garder les moutons. Taquin, il aime les farces de village. Un forain a-t-il garé sa roulotte sur une sente en déclivité, il en ôte les cales. Comme le méchant bouc du troupeau ne cesse de fulminer, il pose un linge de couleur sur une borne pierreuse, puis excite l'animal qui charge aussitôt pour retomber étourdi par le choc. C'est un apprentissage caprin de la vengeance.

À 16 ans, Pierre Denis rejoint sur les routes de France les Compagnons du devoir comme apprenti-maçon et tailleur de pierre. Le novice y côtoie des ouvriers italiens, allemands, polonais. Il passera notamment par Cannes et Vichy, qui lui donnent une notion de la vie urbaine. Sa date de naissance l'exempte du carnage des tranchées : appelé en 1920 sous les drapeaux, on le destine à l'Algérie coloniale. Opéré de l'appendicite sur le bateau, atteint de paludisme pendant le service, il n'en est pas moins maintenu en garnison. Comme il a été enregistré sous la mention incomplète de « tailleur » en omettant « de pierre », on lui fait recoudre des boutons. Ces années sont mal documentées, elles relèvent de ce que l'on laisse inconnu de soi à ses propres enfants. Il en tirera néanmoins quelques rudiments d'arabe.

De retour dans la Nièvre, le démobilisé trouve de l'embauche aux aciéries d'Imphy, rattaché au service des agents d'entretien – maçons, menuisiers, électriciens. Vichy et l'Algérie sont derrière lui, Pierre Denis est revenu au lieu de sa contingence. Il faut tenter de vivre.

Ce jeune homme des années 1920, il y a un siècle, c'était mon grand-père.

Léonie Lagarde est née en 1906 à Imphy. Son père, François Lagarde, venu au monde en 1867 pour disparaître à peine sexagénaire en 1927, est un ouvrier des aciéries dont l'œil a été crevé par une barre de fer. Rétrogradé comme gardien après cet accident, il en subit le préjudice. La mère de Léonie, fille d'un boucher de village, se nomme Marguerite Millien, apparentée de loin à une gloire locale, le poète Achille Millien. Né en 1838 et disparu en 1927, ce folkloriste, auteur de « Champs agricoles » et « Musettes et clairons », est considéré comme un précurseur de l'ethno-histoire, ayant inlassablement colligé à partir de 1877 des centaines de contes et chansons du Nivernais.

La famille ne roule pas sur l'or. Un arrière-grand-père, tombé d'une grange, a été enterré dans le carré des indigents. On compte dans la parentèle des fossoyeurs et un sacristain. François et Marguerite Lagarde auront sept enfants, garantie d'assistance des couples sans pension pour leurs vieux jours. Dans leur enfance, quatre d'entre eux partageront le même lit. Un frère, Louis, quitte l'école à 5 ans. Placé dans une ferme, il garde des moutons sur des îles de Loire. La sœur Francine, soumise au droit de cuissage du fermier qui l'emploie, en aura un enfant illégitime. Une autre sœur, Marie, épouse le valet de chambre du château de Marigny où elle servait comme dame de compagnie.

Léonie, quant à elle, trouve à s'employer comme vendeuse de vêtements à Imphy, où elle gardera aussi des enfants d'enseignants en faisant des ménages. Attachée à son lieu de naissance, n'étant jamais montée sur un vélo, non pratiquante bien que très attachée à une grand-mère élevée chez les sœurs, celle qui sera ma grand-mère maternelle rencontre son futur mari, Pierre Denis, par le truchement de son frère Louis qui en est l'ami. Idylle. Les noces étant célébrées en novembre 1929, ma mère naîtra en avril 1931.

De cette grand-mère prématurément disparue en 1961 à l'âge de 55 ans, alors que ma mère était enceinte de mon frère Philippe, je conserve l'image floue d'une petite dame à bésicles et cheveux gris, très attentive à l'enfant que j'étais, d'une gentillesse austère. « On vit d'habitudes », avait-elle coutume de dire. Rétive à voir ses filles quitter la ville, elle les élevait selon une stricte maxime de retenue : « Vous n'êtes ni plus ni moins que les autres. » Mais cette sévérité incitait à l'espoir d'une existence meilleure : « Ne regardez pas en arrière, il faut aller de l'avant. » Au fil d'une vie de ténacité, elle ne perdit jamais l'entrain qui la portait à chanter à tout propos. « Quand je ne gourlounerai plus, c'est que je serai morte », disait-elle. *Gourlouner*, en morvandiau, c'est chantonner ou fredonner. Cette femme était une mélodie.

« Minuit chrétien », « La valse brune » ou « La chanson des blés d'or » figuraient à son répertoire. Elle adorait les goualantes d'Édith Piaf. Mais sa ritournelle de prédilection était une romance de Berthe Sylva, « Si l'on pouvait arrêter les aiguilles », composée par Paul Dalbret. Dans ses correspondances et ses échos, j'aurais le goût de revisiter la biographie de cet irrégulier, né en 1876 boulevard Voltaire et mort en 1927 à Marseille, orphelin à 13 ans, ouvrier-tapissier de la Compagnie des chemins de fer de l'Est, fin diseur, auteur du « Chant des coloniaux », de

« Assez d'bas de soie », ou de « Vous êtes mouillée, Mad'moiselle ».

Riches ou pauvres quoi qu'on fasse sur la Terre, notre existence est une chose éphémère. Chez Paul Dalbret comme chez ma grand-mère, l'esprit de nostalgie était porté par les rengaines.

1991. Lors d'une réception à l'Élysée, on me présente à François Mitterrand. « Je vous connais », lâche-t-il d'emblée, très monarque, la paupière clignotante. Les jeunes romanciers ne lui sont pas étrangers. « Moi aussi », m'entends-je rétorquer. Petit insolent. L'œil présidentiel se durcit une seconde, puis la machine à séduire se remet en marche. Thématique littéraire. Il me parle des livres qu'il reçoit, dont la plus grande partie est dirigée vers la bibliothèque municipale de Nevers : « Il y en a environ 10 000. Il y en aura 15 000 à la fin. » Comme on spécule alors sur son état de santé et sa longévité dans la fonction, c'est une façon oraculaire de signifier, au passage et mine de rien, qu'il entend aller au terme de son mandat. Curieux roi de France qui compte le temps en milliers de volumes. Comme il voit que le sujet nivernais semble m'intéresser, il relance : « Vous connaissez la région ? » Je lui explique que ma famille maternelle est originaire d'Imphy. Clignement de paupières, comme si l'ancien maire de Château-Chinon repassait à part lui des images archivées de longue date. D'un air entendu, François Mitterrand lâche : « Là où sont les hautes cheminées. »

Il a dit peu. Et il a tout dit.

À Imphy, la condition des uns et des autres s'inscrivait dans le paysage. Un maigre affluent de la Loire, l'Ixeure, délimite des zones d'habitat. Situé à l'ouest pour ne pas essuyer les fumées de l'usine, le quartier des ingénieurs, la Turlurette, accueille leurs familles. Il y a des courts de tennis et des jupettes blanches. Le lieu-dit la Forge héberge commerces de bouche et agents municipaux. Le Bourg, c'est le pays des ouvriers, qu'un esprit des hauteurs définira un jour comme « la crasse d'Imphy ». Si des parties de football se jouent entre la Forge et le Bourg, des ségrégations plus insidieuses prennent corps. C'est ainsi que les ingénieurs s'opposent à ce que les enfants d'ouvriers se rendent à Nevers dans les cars Chausson, ayant décrété qu'ils leur sont réservés. La compagnie Wattrelos y suppléera en armant des bus destinés à cette plèbe. On aurait pu se croire dans l'Arkansas des années 1930, mais c'était la Nièvre de la même époque. Et lorsque la direction de l'usine parlementait avec le syndicat, les délégués étaient reçus debout.

Pour mon grand-père, dès avant le Front populaire, ce fut plié. Le patron de la CGT locale, Maurice Daguin, fédérait les revendications. Un paternalisme habile ne leurrait pas les gars du Bourg. En 1936, les aciéries sont occupées. Intraitable maxime de Pierre Denis : « On a bien le temps de pâlir. » Restons rouges pour ne pas rosir. Lors des obsèques des camarades – les *camaros* – les femmes entraient voilées à l'église, mais les hommes restaient debout sur le parvis, casquette à la main, silencieux pendant toute la durée de la cérémonie. Je ne connais pas d'hommage plus noble.

Cette distance trouvait pourtant sa limite dans l'éducation religieuse : armés par l'exemple de leurs pères, tôt formés à n'être pas dupes des arguties patronales, les enfants d'ouvriers se voyaient pourtant envoyés au catéchisme. Tant qu'à les former, autant ajouter le Saint Sacrement à Maurice Thorez. Quoique communistes, la prévalence des usages ruraux, dans une mesure qui n'était pas mince, façonnait leur façon d'être ensemble. Le Parti leur promettait de réduire l'arbitraire d'une naissance, il n'était pas assez fort pour aliéner leur liberté.

D'autres pièges guettaient ces travailleurs. La paie était remise par quinzaine de la main à la main, trop vite dépensée. Il y avait les ardoises chez l'épicier, et à Nevers la tentation des caboulots et des magasins de frivolités. Sans compter les camelots qui se postaient aux dates dites à la sortie de l'usine. L'un d'entre eux, marchand de bas, fit quelque temps étal de ses articles ultra-résistants en passant une fourchette à l'intérieur d'une texture prétendue indémaillable. En fait, le rusé avait muni les dents de l'ustensile de minuscules roulements à billes. À l'usage, les bas ne tardaient pas à filer.

Mais les vies aussi peuvent filer.

Je n'ai pas connu la maison de première enfance de ma mère. Elle se situait dans un quartier baptisé le Cosmos, sans doute le plus déshérité d'Imphy : s'y regroupaient les familles d'ouvriers d'arrivée récente, autrement dit une majorité d'immigrés venus du continent. Pierre et Léonie s'y étaient installés avec leur première fille. « L'Europe, dit aujourd'hui ma mère, je l'ai connue vers 1935. Nous vivions avec des petits camarades espagnols, portugais, polonais, italiens, les Coutinho, les Panfilov, les Paneda, les Kozlovski. » Une colonie de Russes blancs avait trouvé refuge dans la cité, vivant d'expédients au regard de leur passé perdu. Un nommé Petkoff, officier supérieur de l'armée tsariste, était devenu pointeur. Un ancien page de la cour de Nicolas II œuvrait comme tréfileur. La zone n'offrait pas les aménités relatives d'une cité ouvrière moderne, mais se rattachait encore à un habitat de maisonnettes rustiques, à l'ancienne, où les rudesses de la condition paysanne perduraient. Certains logis avaient été construits autour d'un puits inséré dans le bâti de la cuisine. Pas d'eau courante ; les affleurements de la nappe phréatique gonflée par la Loire proche permettaient l'installation de pompes à eau. Les sanitaires se ramenaient à des pots de chambre, des tinettes, des cabanes de jardin.

On regroupait l'hiver les lits dans la pièce à vivre, la seule dotée d'une cheminée, en utilisant la cuisinière alimentée aux boules de charbon comme calorifère supplétif. Peu de chaises, souvent des bancs. On s'asseyait pour les repas sur la *maie*, ce coffre où l'on rangeait les draps, le linge de table, le pain. La vie rurale avec ses granges et ses étables n'était pas si éloignée. Dans les gares de la Nièvre, les architectes du XIXe siècle avaient serti, sur le bâti extérieur, des anneaux métalliques afin que les habitants venus accueillir un proche puissent y attacher un âne, un cheval ou une vache.

La lessive était un rite collectif. Le lundi, les hommes en relâche d'usine étaient requis pour empiler le linge sale dans une brouette, la *bérouette*, qu'ils poussaient jusqu'aux bords de Loire. Ma mère entendait la voix de la sienne : « Pierre, viens donc chercher la bérouette. » Au lavoir, les pieds dans l'eau, les femmes traitaient les pièces de vêtement avec battoir et savon de Marseille. Les goujons passaient entre les jambes des enfants. Puis le linge rincé était mis à sécher sur un fil dans le jardinet. L'hiver, la froidure rigidifiait les étoffes.

Le patronat, conscient de ces précarités, vit son intérêt dans l'amélioration de la condition des ouvriers, du moins les plus capés d'entre eux. En 1934 fut édifiée au lieu-dit le Bourg une vaste cité de maisons plus hygiéniques, avec électricité, eau sur évier, une cheminée dans chaque chambre. Une condition d'accès toutefois : il fallait être contremaître. Mon grand-père s'y refusa d'abord, pour une raison où l'esprit d'égalité rejoignait les égards envers ses camarades : il ne voulait pas les commander. Et l'argent lui indifférait. Mais son épouse, comptable des deniers du ménage, le pressait : « Dis donc, Pierre, c'est pas toi qui tiens la queue de la poêle. » Il s'y résolut. Leur nouvelle demeure serait au Bourg. C'est celle que j'ai encore connue dans les années 1960.

De cette enfance des années 1930, que puis-je imaginer ? Ma mère venait d'une génération où les filles se prénommaient Marcelle, Annette, Renée, Colette, Monique, Rachel, Pierrette. C'est alors une petite fille bien douée, décidée dans sa tête, frondeuse parfois. À 7 ans, accompagnant son père à la pêche, elle tente de parcourir *Eugénie Grandet* au bord d'un canal. Elle n'y comprend rien. Elle lit pourtant, cueillant chaque semaine en classe un roman pour la jeunesse sur le tourniquet de bois qui tient lieu de bibliothèque. De toute son enfance, elle ne recevra que deux livres en cadeau, *D'un palais rose à une mansarde* et *Les Exploits d'Hispano*. Pour Noël, elle est gratifiée d'une orange. Son père entretient la fiction en déposant sur la table deux verres avec un fond de vin : c'est dire que le vieillard barbu avec houppelande rouge et traîneau attelé de rennes est passé.

Elle attrape la coqueluche, l'infirmière madame Heulin vient la piquer dans la cuisse. Des poux colonisent sa chevelure, on la fait dormir avec un bonnet imprégné de lotion Marie Rose. Comme un martinet est appendu dans la cuisine, ma mère le subtilise pour le cacher dans des fagots à brûler. La masse des fagots diminuant, le martinet réapparaît. « Celle-là, c'est une impertinente », gronde sa mère. Jacqueline est pourtant toujours la première en classe. Un certain mois, elle n'est classée que deuxième. « Si tu continues comme ça, la morigène son père, tu iras garder les oies en Lignères. » Fille ou garçon, il faut *pousser* les enfants vers le meilleur. Ma mère le sait, le sent, la sirène de l'usine limite son horizon, elle se jure très tôt de vivre un jour à Paris ou à Lyon.

Le dimanche, elle accompagne à la messe sa grand-mère Marguerite, y goûtant les fragrances d'encens et les mots mystérieux proférés en latin. Vêtue d'une blouse à l'école, elle prise par contraste les habits du dimanche, chemise blanche ou bleu clair, petit manteau, capeline en feutre, chaussures vernies avec socquettes bien tirées. Jacqueline aime par-dessus tout le passage des cirques ambulants, les clowns, les contorsionnistes, quelques animaux dressés. Elle se dit que, plus tard, elle pourrait être institutrice dans un cirque. Un couple de voisins, les Robin, n'a pas d'enfant. Le mari, Ernest dit Nénesse, s'imbibe tous les samedis soir. Comme il a le vin gai, il aime à chanter. À chaque passage des forains, madame Robin offre une place de cirque à ma mère et l'y accompagne. Un jour, une acrobate dit à la petite fille : « Si tu m'apportes du papier pour faire des cornets, tu auras une place gratuite. » Jacqueline réfléchit, elle garde à demeure un paquet de cahiers d'essais usagés, elle revient les donner à la foraine. Deux jours plus tard, le cirque parti, mon grand-père passe sur la place du Bourg, avise quelques feuilles chiffonnées sur le sol, en ramasse une, reconnaît l'écriture de sa fille. Ma mère aura droit à une remontrance, assortie toutefois de ces mots d'indulgence complice : « Je ne le dirai pas à la maman, elle serait trop triste. » Pierre appelle Léonie « la maman ». Elle appelle son mari « le Pierre ».

En 1936 est née une petite sœur, Monique. Mon grand-père quittera quelques heures l'usine occupée pour se rendre au chevet de la parturiente. À quinze mois, Monique manque être emportée par une toxicose, le « choléra enfantin ». On la sauve. Plus tard, une voisine lui dira : « Je me souviens quand t'étais morte. » Comme il faut élever décemment les deux petites filles, Léonie redouble d'heures de ménage. Travaillant chez la directrice de l'école, madame Baudequin, qui aura un fils préfet et un fils médecin, elle s'entend dire que les qualités scolaires de sa fille Jacqueline la rendent éligible aux bourses. L'État en couvre les 7/8e, la famille doit combler le solde. Mes grands-parents voient leur fille promise à un collège de Nevers. Elle y entrera bientôt, section grec et latin, non sans susciter cette réflexion perplexe de son père à propos des langues mortes : « Avec ça, qu'est-ce que tu vas donner à manger à ton mari ? »

Arrive la guerre. La panique jette en juin 1940 des millions de Français sur les routes. Mon grand-père n'y fait pas exception. Comme l'on craint la réquisition des hommes par l'ennemi, le contremaître mobilisé sur place, après avoir caché les maigres économies du ménage dans les effets de la petite Jacqueline, prend la route sur sa bicyclette avec son beau-frère Louis Lagarde. Ils roulent vers le sud jusqu'à s'égarer dans les parages de Brive-la-Gaillarde. Comme le courrier ne fonctionne plus, les familles perdent le contact.

Ma grand-mère et ses deux filles ont également quitté leur domicile pour trouver refuge dans les communs du château de la comtesse Imbart de La Tour, à Chevret, où une tante maternelle sert comme employée de maison. Effet de ce vent de terreur qui déferle sur le pays, on se regroupe dans des parages éloignés et des villégiatures de campagne que l'on imagine préservées. Pour ma mère et sa sœur, ce sont des grandes vacances au château. Un sanglier naturalisé les effraie au détour d'un escalier. Un de leurs cousins adolescent, terrorisé à la perspective de l'arrivée des occupants, se réfugie chaque jour dans un arbre de la propriété, tel l'oncle fou de l'*Amarcord* de Fellini. Personne ne songe à l'en déloger. Des fermes proches fournissent lait, œufs et volaille. C'est un suspens ensoleillé auquel le temps de l'armistice va mettre fin. Mon grand-père réapparaît en ville alors que s'installe le gouvernement de Vichy. La cité d'Imphy est en zone occupée. Conscients de l'intérêt stratégique de l'usine, les Allemands ont installé un cantonnement à proximité.

Le souci immémorial de conjurer la faim, qui a hanté tous les siècles du monde, est ravivé par les restrictions de guerre. Un esprit réfractaire n'a pas tardé à animer les ouvriers. Ils font un détour pour ne pas avoir à saluer les sentinelles du poste allemand. À partir de l'été 1941, le PCF clandestin attise des feux qui brûlaient déjà du côté de la base. Le couvre-feu est instauré, il se dit qu'un avion allemand survole parfois la région en lâchant des rafales sur les maisons éclairées. On matelasse avec du papier journal l'imposte des logis afin de masquer la lumière des bougies, pour écouter alors dans une semi-obscurité, *à la berlue tâton*, les émissions de Radio-Andorre et de la BBC. Dans la journée, au milieu des champs de patates, on lance les enfants à la chasse aux doryphores.

Les gens de Vichy n'ont pas bonne presse. Et c'est peu dire. En 1943, Phillipe Pétain vient en visite à Nevers. Les élèves des écoles et des collèges sont convoqués devant la préfecture pour entonner « Maréchal nous voilà ». Ma mère, 12 ans, est requise et son père l'apprend. « Je te préviens, l'admoneste-t-il, si tu ouvres la bouche avec les autres, je serai dans le public et tu auras deux claques. » Le contremaître bluffe, il sera en service à l'usine à cette heure-là. Mais ma pauvre mère, le croyant présent dans la foule, est partagée entre un mutisme reprochable aux yeux du chef de chœur et la discipline chantante que son père a promis de châtier. En somme, un ouvrier de la Nièvre avait des réflexes que d'augustes personnages ne partageaient pas. Mes grands-parents abriteront quelque temps un enfant parisien,

Gilbert K, que ses parents voulaient préserver des périls de la capitale. Ce fut pour ma mère et sa sœur comme un frère de raccroc. Le contact sera renoué avec lui dans les années 1990.

Lorsque la fortune allemande commence à tourner, des maquis se créent dans la Nièvre. Les ouvriers d'Imphy, sans forcément les rejoindre, se transforment la nuit en saboteurs occasionnels, grimés au charbon de bois, rôdant avec leurs pains de tolite près des transformateurs électriques, des écluses et des lignes de chemins de fer. Ma mère raconte ceci : Pierre Denis, qui était des leurs, dissimulait à son épouse la nature de ces sorties nocturnes en arguant qu'il allait faire des heures supplémentaires de nuit à l'usine. Mais, en fin de quinzaine, elle constatait au moment de la paie que ses émoluments n'augmentaient pas à due proportion. « Pierre, il faut que tu réclames », l'incitait-elle. Mon grand-père laissait dire et faisait l'oublieux. On dirait une scène du *Père tranquille* de René Clément. Une nuit toutefois, il se trouva au long d'une ligne ferroviaire avec une mitraillette braquée sur le ventre par une sentinelle de la Wehrmacht. Les rudiments d'allemand qu'il avait appris lors de ses années de compagnonnage lui permirent de s'en tirer. Je ne sais trop ce qu'il a pu raconter.

Un drame marqua le repli allemand. Plusieurs colonnes motorisées passaient sur la grand-route. À la Forge, un enfant de 9 ans, Daniel Petit, nargua la troupe en lui adressant un pied-de-nez. Une rafale de mitraillette le coupa en deux. Une rue d'Imphy porte désormais son nom. Cela augurait en représailles des règlements de comptes de l'épuration. Une dame, surnommée « le cul noir », avait eu des bontés pour un quidam pendant que son mari était prisonnier en Haute-Silésie. Une autre, alors que l'époux était parti pour le STO, s'était compromise avec un Allemand. On se contenta de les blâmer. Mais le milicien Margeridon, des Petits Champs, et un complice qui avait dénoncé des réfractaires furent conduits au poteau. Quelques fermiers furent retrouvés mitraillés sur le seuil de leur demeure, sans que leur exécution soit jamais revendiquée.

La Libération rendit Imphy à sa vie industrieuse et coutumière. Insensible aux vicissitudes des années, même si l'on y avait dynamité quelques ponts, la Loire coulait toujours en majesté, à la fois nourricière et périlleuse. Gabarres, bacs, bateaux-lavoirs l'avaient apprivoisée à l'usage des riverains. Mais les sables mouvants, les crues, les fondrières, avec dans les champs voisins des trous d'eau trompeurs – les *crots* – en faisaient toujours une maîtresse captieuse et mortelle. Un jeune histrion d'Imphy se donnait parfois en spectacle en y plongeant contre une bouteille de vin. Mais une amie de ma mère, Yvette, s'y jettera par désespoir.

Mon grand-père en avait un autre usage, alliant la quête d'une nourriture gratuite aux plaisirs de la camaraderie. « Pierre, va donc chercher le dîner », lui disait son épouse. Comme à l'usine il faisait les 5-1 – de cinq heures du matin à une heure de l'après-midi, il pouvait disposer par temps clair des belles heures de la journée. Enfourchant sa bicyclette, il en harnachait le panier de son attirail de pêcheur. La gaule de bambou démontée du manche au scion, assujettie par un bandeau élastique, en y adjoignant le fil et les hameçons, l'épuisette, le *bota*, c'est-à-dire la bourriche, sans oublier le pliant et la *bigniache* – le panier en osier contenant les casse-croûte. Fournis par l'abattoir, les *bloches*, asticots prélevés sur des quartiers de viande pourrissants, fourmillaient dans des boîtes de conserve trouées. Pour la pêche aux gardons et aux brèmes, on utilisait le chènevis, tandis que les hameçons à trois dents piqués d'un chiffon rouge étaient réservés aux trous à grenouilles.

Roulant vers les étangs de Biche, plusieurs compères conversaient en pédalant. Comme il existait dans les parages d'Imphy un médecin de campagne nommé Denis, homonyme de mon grand-père, ce dernier avait reçu l'alias de « Docteur ». Il était souvent accompagné de « Falzar », un luron dont le pantalon flottait invariablement. De « Papillon », ainsi surnommé parce qu'un rat lui avait autrefois grignoté un bout d'oreille, telle une dentelure d'aile de papillon. Du père Jacob alias « le Professeur ». De « Dix heures dix », rebaptisé parce que ses pieds s'écartaient à la Charlie Chaplin. Et de Baron, dont c'était le vrai nom.

Se frayant un chemin à travers les *verdiaux*, les herbes folles poussant en bord de Loire, ils installaient leurs postes de pêche, appâtaient le poisson, puis attendaient que ça morde. Les goujons, les ablettes, les sandres étaient tirés frétillants de l'onde, on décrochait l'hameçon, et le butin argenté était glissé dans la bourriche à clapet immergée au bout d'une ficelle. Quand les hameçons se prenaient dans une branche d'arbre, on se gaussait du maladroit. Si le soleil tapait, des ombrelles étaient déployées. Il existe ainsi une photo de mon grand-père campé en bord de fleuve. Sous la toile du parapluie, sa silhouette se découpe telle une figure d'estampe. C'était l'un de ses moments de plus grand bonheur.

Au retour, la pêche trouvait le chemin de la poêle – Pierre adorait la friture de goujons très grillée. « Les poissons, ça nous sauve », disait ma grand-mère. L'homme de la maison tranchait avec précaution la tête des venimeux poissons-chats pour les faire rissoler dans l'huile crépitante. Les anguilles, estourbies au rouleau à pâtisserie, effrayaient ma mère tels des serpents ; elles étaient tronçonnées puis cuisinées au vin rouge dans une marmite. Délices.

Outre la pêche, d'autres nourritures relevaient d'une autosubsistance organisée. Les légumes et les fruits du jardin au premier chef, avec pour les enfants le rituel merveilleux des confitures. On pèse sur une balance les fruits à égalité avec une mesure de sucre. Mariné pendant une nuit, le mélange est alors cuit dans une bassine de cuivre. Préalablement ébouillantés et retournés sur l'égouttoir, les pots de verre sont remplis et hermétiquement fermés. On les renverse, le vide se fait, puis l'on fixe une étiquette portant la date de conditionnement. Les fruits permettent aussi des transformations à façon : les jours de passage du bouilleur de cru sont connus, on lui donne des pommes ou des prunes dont il fait de la gnôle, on lui commande de l'eau-de-vie de poire.

Si le vin est parfois compté au mètre de bouteilles, il s'achète plus sûrement à la topette chez le marchand de la rue de l'Usine. Dans les caves des maisons, un fût domestique avec une *cannelle*, petit robinet de bois, permet de remplir une bouteille de verre ou une aiguière des Magasins du Louvre. Il y jouxte sous la voûte le saloir avec ses morceaux de viande conservés dans un mélange de sel, d'œufs et de haricots verts, ainsi que la caisse de bois à treillis où fermentent les fromages. Les piles de patates y côtoient le tas de charbon et le pot en grès où caille le lait.

Venu d'une ferme quand l'on y compte de la famille, le lait est plus quotidiennement acquis lorsque passe la voiture attelée d'un âne, plus tard la camionnette du laitier ambulant. Celui-ci use d'une mesure cylindrique d'un demi-litre munie d'un manche ou d'une anse, dont le contenu puisé aux cuves est versé dans une laitière en émail avec bouchon muni d'une chaînette. Si sucre et condiments sont achetés chez l'épicier, le persil, la ciboulette et le thym viennent du jardin. C'est également un marchand ambulant qui ouvre le volet arrière de sa camionnette pour proposer le pain du jour, parfois une brioche. Avant de la diviser au couteau, on trace un signe de croix sur la boule de pain. Mon grand-père s'en dispense. La mie accompagne souvent une cuisine de restes.

Pour ne pas gâcher, des morceaux de viande sont ainsi accommodés en petits pâtés, les *rissoles.* Des gratons fournissent le fond des galettes dites aux griaudes. Si l'huile de table manque, on fait dorer les frites dans la poêle sur un coulis d'huile de machine prélevée à l'usine. Les tartes aux pruneaux et aux pommes sont de facture aisée. Mon grand-père est le spécialiste de la mayonnaise sans œufs : de la moutarde et de l'huile battues avec la plus vive énergie dans un bol. Et les marmites ou les faitouts, appendus à leurs crémaillères, accueillent selon les jours soupe, pot-au-feu ou poule au riz.

Si le vin chaud sucré a des vertus curatives, le café est prisé comme un trésor de saveurs. Conservé en grains au fond d'un pot, il est pilé dans un moulin à manivelle ferrugineuse, dont un petit tiroir recueille la poudre moulue. On le mélange à de l'eau chaude dans une cafetière en porcelaine de Limoges, avant de le servir dans des tasses du trousseau. Au fil des années 1960, on verra apparaître des cafetières italiennes en métal, conçues pour des sachets de café prémoulu.

La vêture elle-même procède de réflexes vivriers. La tonte des moutons fournit la laine qui, cardée en atelier, sera filée en gants, mitaines et chaussettes. Une fois écorchés et cuisinés, les lapins de clapier voient leur peau vendue au collecteur ambulant, que j'ai encore entendu dans les années 1960 seriner un sonore « Peaaauuu » au passage de son triporteur. Blanches parfois, les peaux de lapin seront cousues pour confectionner des manteaux, des toques ou des manchons. La chevrette ou le serval se voient également utilisés, même si la fourrure la plus chaude reste celle du lapin. Pour les étoles, les tanneurs assujettissent en couronne les fourrures de deux renards ou deux putois en logeant des perles à la place des yeux : les femmes croisent sur leur poitrine deux museaux d'animaux morts. Pour le travail, le menuisier leur façonne des *claques*, sabots de bois à bride de cuir enfilables sur des pantoufles, tandis que le cordonnier-bourrelier de la Forge perce des ceintures, ravaude les sacs à main, recoud les cartables.

Les femmes brodent chez elles nappes et mouchoirs, ou des napperons ajourés destinés à l'ornement des buffets. À l'occasion, on acquiert de la toile à drap auprès de marchands ambulants venus d'Auvergne. On y taille des pièces utilisées pour langer les enfants, même si l'on préfère les carrés de coton ou de lainage. Pliés en triangle par le milieu, ils sont rabattus entre les jambes des nourrissons et fixés par une épingle à nourrice. Pour attirer la bonne fortune, on broche sur leur layette des sachets de coton contenant des images pieuses. Les petites jambes sont bandées afin de les tenir droites. Étendus sur les fils à linge, les rectangles menstruels permettent de savoir, quand ils disparaissent, que la voisine est en état de bonne espérance.

Plus onéreux, les vêtements manufacturés que l'on achète dans les boutiques de Nevers. Chapeaux de modistes ou turbans que l'on pose sur la chevelure crantée au fer chauffé dans la cheminée. Gants acquis chez Lévêque, aux Économes ou Aux Dames de France – aujourd'hui, des magasins Pimkie et Sephora occupent leurs emplacements. Les femmes y trouvent robes longues, corsets ou combinaisons, mais les pantalons sont proscrits. Bas et chaussures fermées sont de mise. Pour les enfants en saison froide, bottillons et guêtres, les mains enduites de crème Snowfire afin d'éviter les gerçures. Les petits sont rompus à marcher dans les traces imprimées sur la neige par les adultes qui les précèdent, ce qui économise le cuir et prévient les chutes.

Pierre a deux sœurs. Jeanne, née en 1904, et Marie-Louise, née en 1906. Comme leur père veuf s'est remarié avec une marâtre qui les malmène, jusqu'à les enfermer parfois dans la cave, elles regardent très vite ailleurs – vers Paris. Assez jeune, Jeanne y connaît Pascual. C'est un Espagnol qui possède des orangeraies à Villareal. Il semble avoir été marié avec une concitoyenne, mais c'est déjà oublié. Sur les photos, il ressemble à Edward G. Robinson. Marchand de primeurs rue de l'Arbalète, il va chercher ses fruits aux Halles, possède une mûrisserie de bananes, ce qui lui donne l'exclusivité de fourniture des singes du Jardin des Plantes. Parmi ses clientes, la chanteuse Damia, qui se promène toujours avec un caniche royal. D'une portée, ma tante Monique héritera un chiot, Balto, qui aimait à crever les coussins pour en faire voler les plumes. Pascual eut aussi Michèle Morgan pour cliente.

Le soir, Jeanne fait la caisse. Comme le négoce est prospère, elle acquiert manteaux et bijoux. Le couple réside boulevard Arago, où une clocharde familière de leur pas de porte a ses habitudes. Jeanne et Pascual ont un fils, Bernard, qui sera un temps boxeur. Deux fois marié, il verra l'une de ses filles cambrioler adolescente l'appartement des grands-parents. Lorsque Jeanne et Pascual viennent à Imphy, ils apportent en offrande des poulets vivants. Un jour, Bernard d'un faux geste donne un coup de poing dans l'abat-jour à pampilles, réflexe de boxeur peut-être, et les perles tombent dans la soupière. Veuve, Jeanne se remariera avec un quidam qui semble avoir fait main basse sur ce qui restait d'héritage. Et tout se perd dans l'oubli.

Marie-Louise, dite Louisette, a suivi sa sœur à Paris. Elle y connaît Raymond, qui tient le buffet de la gare de l'Est, dont elle est caissière. Un couple se forme, mais ils n'auront pas d'enfants. Raymond est un bel avantageux, il ressemble à l'acteur Roland Toutain, sait tourner la valse, porte des manteaux longs et des chapeaux mous. Il a une sœur qui a épousé un maroquinier opulent, dont la fille elle-même prénommée Louisette est une enfant gâtée. Certains de ses effets, robes et manteaux, sont offerts à ma mère et à sa sœur Monique, qu'elles rechignent toutefois à porter à Imphy où il serait malséant de trop paraître.

L'appartement de Raymond et Louisette est situé avenue des Ternes. Ils aiment à sortir à Paris, les bals, le music-hall. Prisonnier en 1940, Raymond a une liaison avec une fermière allemande. Louisette ne le sait pas, mais elle pleure beaucoup. À son retour, ils vont tenir un café à Ivry devant l'usine SKF, puis un café-tabac à Montrouge, où ils auront la jeune chanteuse Sheila comme cliente. Leurs économies leur permettent d'acheter une petite villa à Bassou, dans l'Yonne, où Raymond aime à pêcher le brochet.

J'ai le vague souvenir de les avoir connus enfant autour de tablées de Pâques. Raymond portait le chapeau, Pascual le béret, Pierre la casquette. Les deux sœurs gloussaient, elles m'ont laissé une impression allègre. Leur image s'est dépigmentée sur de vieux films en Super-8. Privées de parole dans la neige des petits points blancs maculant les débuts de pellicules, elles y restent imprimées telles des ombres sans légende.

Comme dans une comédie marseillaise ou un film italien, Imphy proposait une galerie de personnages pittoresques, farfelus, aptes à solliciter l'imagination des enfants, de ceux que l'on appelle des *originaux*. Légendes cantonales, hurluberlus, hétaïres municipales, marchands d'élixirs. Dans les souvenirs de ceux qui les évoquent, nul étonnement, comme la marque d'un temps où un caractère n'aurait pu être redressé, un vice corrigé, une nature amendée. Peut-être la résignation paysanne du « c'est comme ça » avait-elle cours. Peut-être les rigueurs de l'existence, auxquelles chacun se voyait confronté, portaient-elles à l'indulgence.

J'ai déjà noté le goût que ma mère avait des cirques et de leurs créatures de contes, clowns blancs, tireuses de cartes, dresseurs d'ours, femmes à barbe, jongleurs d'assiettes. Elle restait éblouie de leurs tours. Ils portaient l'espoir d'une échappée vers l'ailleurs.

Mais la vie locale avait aussi engendré ses figures baroques, fortement silhouettées, parfois dérangées, et dans certains cas blâmables. Ainsi du père Diot, vendeur de journaux à la criée, un méchant sire qui, l'alcool aidant, pendait sa femme par les cheveux chaque samedi soir. Trois simplets nourrissaient la chronique locale. Au premier chef le Bécassin, fils de la Bécassine, laquelle, disait-on, l'avait conçu contre un billet de cinquante francs avec un soldat marocain de passage : un benêt signalé, qui gagnait sa vie en faisant l'hiver la plonge dans des hôtels de montagne. « C'est bizarre, disait-il, je bois du vin et je pisse de l'eau. » Le Bécassin s'était acheté une voiture sans titre de conduite, se déclarant assez vite lassé d'actionner l'essuie-glace et, plus périlleusement, le frein au plancher.

Ne lui cédait en rien la fantaisie de Jean Mathé, un garçon qui tuait le temps accoutré en explorateur, avec chapeau de brousse, boussole, canne de jonc, lancé dans un safari imaginaire, croisant comme dans une jungle mentale les ouvriers qui revenaient du 5-1 et le saluaient sans s'en formaliser. Pour ne pas oublier le Goursi, un simple d'esprit qui passait sa tête tel un Quasimodo dans un cercle de bois où on lui lançait des œufs contre obole lors des kermesses du curé.

C'était comme ça.

On respectait le Russe Scherbakoff, jardinier de profession, peintre de natures mortes, artiste d'aquarelles qui mourut renversé par un autocar, autant que l'on sollicitait l'accordéoniste qui était de toutes les fêtes et continuait à jouer même quand une touche de son instrument se décrochait. Il était entendu que la mère Piqueprune, épicière de son état, avait été placée de toute éternité dans son échoppe pour que les enfants du village lui dérobent des bonbons en l'envoyant quérir des denrées dans son arrière-boutique.

C'était comme ça.

Plus graveleuses, plus susceptibles de susciter le potin ou le rire sous cape, les tribulations sexuelles de certains résidents, au nombre desquels une excellente vieille dame que j'ai connue experte en tartes aux myrtilles. Elle avait dansé une bourrée particulière. Amoureuse d'un garçon tué sur le front en 1917, ayant épousé par résignation un brave homme, on disait d'elle qu'elle

« tenait son lit toujours ouvert ». Ne supportant pas les culottes, elle avait eu pour amant un jeune sourd-muet. Sa maison correspondait à la fin de la tournée du facteur municipal qui, souvent las du poignet, brûlait dans sa cuisinière les quelques missives qu'il lui restait à distribuer. Si incroyable que cela puisse paraître, la vieille dame esseulée termina sa vie en chauffant dans son lit une paire de loirs qui lui tenaient compagnie tels des chats.

Plus auguste était la Vava, un monument municipal qui avait conçu vingt-trois enfants avec son époux le Charlot, un incapable qui ne fichait rien au prétexte qu'il avait mal au dos – mais pas au point de freiner ses rythmes reproducteurs –, tandis que la Vava travaillait par surcroît à l'usine pour faire bouillir la marmite. « Elle adore son Charlot, grognait ma grand-mère, mais moi j'te l'enverrais promener. » Deux de ses enfants périrent ensemble dans une barque qui chavira sur la Loire, les autres prospérèrent selon des fortunes diverses.

C'était comme ça.

Les parents d'Imphy prévenaient leurs filles contre le père Raque-Dagna, un vieil ivrogne qui s'exhibait quand il avait picolé, tandis que trois épouses prenaient notoirement le car pour

Nevers où elles faisaient en journée des passes dans le claque de la rue du Singe, dont on vantait les chaises ornées de motifs en cœurs évidés. On vit un boulanger détaler nu dans une rue de la cité, et un quidam sauter par la fenêtre du logis où l'avait accueilli l'épouse du sous-directeur de l'usine. Un trousseur signalé avala du poison lorsque sa femme excédée se réfugia chez sa mère avec les enfants. Il survécut à la potion mais en resta invalide.

Si les matrones locales se faisaient payer pour les accouchements, les panseuses – la mère Laporte et la mère Fulgence – soufflaient sur le mal en esquissant de petites croix à même la peau. On pansait contre le muguet, le mal de dents, la méningite, l'asthme que traduisait l'expression « J'ai des chats qui se battent dans la poitrine ». Non sans prescrire des remèdes plus traditionnels, tels les cataplasmes à la farine de moutarde ou les ventouses cloquées sur la peau du dos.

Si Imphy vivait au rythme des coulées de métal fondu, il subsistait encore, à travers les imprégnations du bocage nivernais, des traces de superstitions pas si lointaines, matérialisées notamment par la légende des dames blanches, que l'on disait apparaître à la nuit tombante à l'orée des forêts.

Ma mère les redoutait mais ne les vit jamais. Plus troublante, la rumeur contemporaine qui s'incarnait dans une femme de Verneuil, près de Cercy-la-Tour, surnommée l'Houyasse. On la disait envoûtée pour s'être moquée d'un bossu. Des témoins affirmaient l'avoir vu léviter en transe au plafond de sa chambre. Elle était réputée sortir la nuit avec un drap et son chat jaune pour sauter les haies tel un cabri, mue par une irrésistible force d'enlèvement. Les miens ne purent toutefois vérifier *de visu* l'existence de cette perchiste de l'occulte.

Sans doute le père Parent eût-il pu tenter un exorcisme. Le curé d'Imphy, que je vis confirmer l'une de mes cousines, cumulait l'énigme et le prestige. Né en 1911 à Cosne-sur-Loire et disparu quatre-vingts ans plus tard, Jean Parent avait été en 1936 le vicaire de Decize. Évadé dès 1940 d'un stalag, il gagna Lyon où il devint sous le pseudonyme de Jean Gérard le vicaire de la paroisse Saint-Just. Grand résistant, organisant des filières pour les juifs traqués, fournissant faux papiers, certificats de baptême et asile dans des couvents, il fit passer en Suisse une centaine de juifs ayant échappé en juillet 1942 à la rafle des Brotteaux – le quartier où j'allais naître quinze ans plus tard. Proche des journaux clandestins *Combat* et *Témoignage chrétien*, ses hauts faits lui vaudront d'être compté en 1970 au nombre des Justes par le mémorial de Yad Vashem, dossier 663. Jean Parent aurait pu être illustre. Il était redevenu vicaire. Nommé en 1950 curé d'Imphy, catéchisant les enfants de toutes origines, surnommant l'épouse du maire « Madame Peppone », ce héros de guerre concubinait discrètement avec la cheftaine des Jeannettes. Violant par la chair les vœux qu'il avait illustrés par le courage, avait-il choisi de celer son écart dans la quiétude d'un presbytère de grande province ?

C'était comme ça.

L'abbé Parent eut en face de lui entre 1955 et 1971 un maire socialiste nommé Édouard Cantat, ancien contremaître. En 2003, le petit-fils de ce dernier, chanteur de son état, assassina à Vilnius une actrice française prénommée Marie.

Dans le Morvan et le Neversois avait cours un lexique, un patois ainsi que les habitants le qualifiaient eux-mêmes, dont nombre de vocables remontaient aux temps du royaume de Bourges. Ils s'inséraient dans une conversation respectant la syntaxe du français courant, mais avec une saveur locale qui conférait son relief à des termes restant énigmatiques à l'étranger de passage. La ville elle-même était surnommée « Imphy les cadrains ». Un *cadrain*, c'est une boîte où l'on emporte de la nourriture, et plus précisément un récipient à soupe : longtemps, faute de cantine, les ouvriers arrivèrent à l'usine avec leur pitance du jour. Il fallait prendre garde à ne pas *s'acharrer*, se brûler, non plus qu'à *s'aflinger*, s'asperger. Si le *jo* chantait, il fallait entendre le coq – « un bon jo n'est jamais gras ». Le *couratier* est celui qui ne tient pas en place, et le *berdignot* un simplet. Il peut être *embergniaud*, encombrant, et *mourgonner*, maugréer, voire *berlaizer*, perdre son temps. *Décarbeugner* signifie enlever les bosses, soigner, réparer. Et *berloter* se saouler de paroles – un *berlot* est un bavard qui peut se révéler être une *ganivelle*, une personne méchante, et même un *foucarral*, un dingo. On pourra le semoncer en lui disant « *arrête ton traquet* », boucle-la ! Un *pitaud* est un enfant de l'assistance publique. Comme tout un chacun, il peut *faire la trogne*, bouder, ou *déberdouler l'escalier*, s'y casser la figure. Un *sarpent* est une couleuvre, une *barboulotte* une coccinelle, et un *arcier* un frelon. *Faire du bois*, c'est aérer un coin de forêt, en utilisant une *cougniée*, une cognée ou une hache. Et *se relinger*, c'est acquérir de nouveaux habits.

Ce parler est encore familier aux Imphycois nés dans les années 1940. Les exils, la télévision, l'américanisation de certains usages, en commençant par les prénoms, en ont relativisé l'usage, jusqu'à l'éteindre.

J'écris ici comme un passant des jardins, habité par le scrupule de ne pas désobliger le passé des autres, celui aussi de ne pas m'approprier le crédit de leur vaillance. En la matière, il y a des revendications payantes et des attendrissements profitables. M'intéresse plutôt la poésie du temps, l'exactitude de ce qui fut, la beauté du révolu. Par-delà son étrangeté qu'accroît la distance, le monde d'avant me retient par ses harmonies transmises, les silences de son courage, sa pudeur. Cette grâce procède aussi du lexique. Apprendre à lire prodigue un bouquet de signes, les mots chiffrent des souvenirs dont ils entretiennent l'énigme. J'ai été hanté par l'éphémère, et tiens pour un miracle la durée que la vie octroie à nos regards. Cela permet d'accéder à la gratitude : les êtres qui vieillissent méritent l'hommage de la mémoire, selon la vérité de ces existences anciennes où, si rigoureuses qu'elles aient été, on ne renonçait pas à l'honneur de la douceur.

Ma mère cependant suivait son chemin. La petite pensionnaire qui tremblait de chanter devant le maréchal Pétain eut 15 ans en 1946. À Nevers, elle avait connu les restrictions de la guerre, les alertes précipitant les internes dans la cave, la complicité avec des copines qui le resteraient pour la vie. Chaque semaine, elle revenait par le car vers Imphy. Le vendredi ou le samedi soir, il y avait bal dans les villages environnants. Comme les autres, elle s'y rendait chaperonnée par sa mère. On y tournait la java, on y piquait la polka. Les deux femmes rentraient parfois à l'aube en croisant Pierre Denis qui partait à l'usine. Jacqueline gagna un concours où il fallait exécuter avec un cavalier une danse sur une table. Le prix en était une bouteille de bière.

Une fois l'an, elle séjournait à Paris chez la tante Jeanne et l'oncle Pascual. Comme elle s'était rendue un jour au musée Grévin avec un jeune Suédois, elle y croisa la principale de son lycée, madame Barba, dite Barbapoux. De retour à Nevers, ma mère essuya une remarque aigre sur le beau jeune homme qui l'accompagnait. À 18 ans, elle décrocha le baccalauréat. Pour une fille de l'époque et de sa condition, c'était remarquable. Sans transition, sinon une brève formation à l'École normale du lieu, elle prit rang dans l'académie de Nevers comme institutrice remplaçante. La jeune femme avait été récemment monitrice de colonie de vacances à Royan. Elle aimait les horizons.

Ses premiers postes la conduisirent dans des bourgades du Morvan. Seule, elle y prenait pension chez l'habitant ou bénéficiait d'un logement de fonction. Elle accomplissait sa mission républicaine dans des classes rassemblant des élèves de plusieurs sections. La forêt n'était jamais loin, ma mère accueillait des enfants de paysans et de bûcherons. Elle les alphabétisait comme son père l'avait été avant elle. Pour certains d'entre eux, le français était une terre de promesse, le patois restait leur idiome premier. « Yar, seureu Arleu », lui déclara un petit ébouriffé. Cela voulait dire qu'il était allé hier à Arleuf. Elle dessina des œufs au tableau. « Son' des kakis pou' faire des ougeons », commenta un élève. Ce sont des œufs pour faire des oisons.

La nuit, on frappait à sa porte ou l'on faisait ronfler une motocyclette sous sa fenêtre : les fils de paysans guignaient l'institutrice, une épouse fonctionnaire étant la garantie d'un revenu régulier. Elle n'ouvrait pas. Un soir, ma mère trouva dans le couloir de son logement un renard mort : menace ou offrande ? De la dépouille, elle fit faire une étole. Une fois l'an, les hommes célibataires déposaient anonymement un pot de fleurs sur le seuil de la jeune femme qu'ils convoitaient. Ma mère en trouvait régulièrement une dizaine. On l'appelait avec déférence « la demoiselle ». Les lieux-dits où elle enseigna se nommaient Empury, Lormes, Guérigny, les Brenots.

Dans l'un d'entre eux, elle fut conviée à dîner avec le curé par la châtelaine du village, une créature altière qui avait épousé un hobereau dégénéré et le tenait en sujétion. Le mari n'apparut pas. Pendant le dîner, elle sentit la main de la maîtresse de maison s'égarer sur sa cuisse. Elle ne s'attarda guère, mais repartit seule :

l'abbé restait pour la nuit avec la maîtresse de maison.

C'était une vie d'espoirs et de ténacité. Quand elle revenait à Imphy, elle retrouvait ses parents et sa sœur qui marchait dans ses pas. Des voisins de la cité du Bourg accueillaient un jeune cousin pour les vacances. Élève d'une école militaire, il tomba en amour devant ma mère. Ils s'écrivirent. Ce jeune homme serait mon père. Des mois passèrent, ils s'accordèrent, les premiers temps de leur mariage les virent séparés. Paul étudiait à Autun, Jacqueline tenait ses classes dans le Morvan. Leurs retrouvailles devaient beaucoup aux trains de nuit. Lorsque mon père rejoignit sa famille à Lyon, où il allait quitter le métier des armes pour le *privé*, ma mère obtint son exeat du rectorat et put l'y rejoindre. On l'affecta dans une école du sixième arrondissement. Elle n'entendrait plus la sirène de l'usine. Elle allait vivre dans une grande ville.

Je suis né à la clinique Duquesne en février 1957, à l'orée d'un parc. L'un des premiers enfants de la lignée de ma mère qui verrait le jour loin des *hautes cheminées.* Le lieu de son enfance ne serait qu'un site de mes vacances. Sa sœur Monique, elle aussi, était devenue institutrice, puis directrice d'école maternelle. Elle resterait au pays près de son père et de sa mère. À Imphy, on les montrait en exemple aux petites filles : « Un jour, tu seras institutrice comme les sœurs Denis. » Ma mère avait été résolue et apprenante, c'était une enfant du savoir. Ce chemin m'était tracé. *Vous n'êtes ni plus ni moins que les autres*, avait-elle entendu toute son enfance. Elle était devenue comme les autres, libre d'être elle-même comme chacun. Elle n'enseignait pas le latin, mais elle travaillait et elle l'avait appris.

À l'aube de ma vie, dans les premiers étés de mon enfance, et au-delà de cette année 1961 où ma grand-mère disparut, je séjournais deux ou trois semaines de juillet dans la maison d'Imphy où revenait celle qui y avait été la petite Jacqueline Denis. Je vivais dans une maison qui n'était plus la sienne, loin des échos d'une guerre que ma mère avait connue, près du temps que je partageais avec elle. Mon enfance était comme un écart et une retrouvaille avec ce qui ne serait pas mien.

Je revois la maison de mon grand-père. Les architectes de la cité ouvrière du Bourg, non sans ingéniosité, avaient conçu chaque bâtiment comme un habitat bifide : des logements distribués dos à dos, l'un aveugle à l'autre, dotés chacun de leur jardin. En haut de quelques marches menant à la porte d'entrée, un perron balconné à larges ouvertures incurvées était partiellement mangé par une vigne grimpante aux grains de raisin verts et acides, qui festonnait la vue comme un moucharabieh végétal. On entrait. Un couloir de quelques mètres distribuait à l'entrée sur la gauche des toilettes à la turque, sur la droite deux chambres de bon volume, avec chacune sa cheminée à clapet ferreux et ses volets de bois losangés. Au fond à gauche, l'entrée de la pièce à vivre – à la fois salon, salle à manger et cuisine.

L'évier était masqué par un rideau rêche qui glissait sur des anneaux. À moins de transporter une bassine dans l'une des chambres, cet évier était le lieu de la toilette : pour le paternalisme patronal des années 1930, une salle de bains eût été d'un luxe inconsidéré.

Au fil des décennies, l'évolution des conditions avait toutefois amélioré le bien-être, en un mélange de progrès techniques et d'usages anciens. Ma mère avait encore connu le temps où, les cheminées tirant mal, on chauffait les lits dotés d'édredons en plumes en usant de divers expédients : le pot en grès ou la bassinoire en cuivre remplis d'eau bouillie, à moins que l'on promène sur les draps une brique que l'on avait chauffée dans le four de la cuisinière avant de l'envelopper de papier journal. Le temps s'effaçait où l'on plaçait au jour de l'emménagement un paquet de sel propitiatoire sur le seuil de la nouvelle demeure. Désormais, un calorifère électrique pouvait être déplacé sur ses roulettes de pièce en pièce.

Des années 1930 restait le buffet où l'on conservait la ménagère reçue en trousseau de mariage, avec ses couverts et ses ustensiles d'antan, la louche, la pince pélican, la cuiller à absinthe.

Mon grand-père, du vivant de son épouse, avait coutume d'ouvrir l'un des tiroirs du buffet et de l'utiliser comme tablette de lecture. Il s'y assoupissait parfois. « Pierre, tu dors, va te coucher », le secouait son épouse.

Au fil des ans, les résidents du Bourg avaient acquis, les Trente Glorieuses aidant, les meubles d'un nouveau confort. Canapés transformables en lits, tables de nuit à tiroirs, et cette nouveauté, le cosy, tour de lit caissonné avec alvéoles de rangement. Chez Colas à Clamecy, de la famille du futur navigateur Alain Colas, on trouvait des lampes tulipe et des coupelles en faïence. Du linoléum était posé sur le plancher. Sur les murs tapissés de papier peint à motifs géométriques, des chromos, avec bouquets de fleurs, scènes de chasse à courre, canevas encadrés.

Ces lieux de vie incorporaient la mort. Jusqu'aux années 1960, on mourait chez soi. Le deuil exigeait que l'on veillât le défunt toute la nuit, à la lumière de bougies tremblotantes, en ayant préalablement voilé les miroirs. On déployait des tentures à l'entrée des maisons, un corbillard attelé portant l'initiale du mort venait en quérir la dépouille. Les femmes respecteraient un deuil en noir pendant six mois, puis le demi-deuil en violet durant le semestre suivant. Les hommes, un crêpe au bras. Désormais, c'est l'ambulance qui conduisait vers l'hôpital de Nevers les malades qui n'en reviendraient pas. Tout cela peut paraître aussi lointain que la description d'un shtetl dans la Pologne d'antan. Et pourtant j'ai encore connu ce monde.

La maison de mon grand-père ? Je me souviens surtout de l'éblouissement d'un jardin. D'assez belles proportions, ceint d'une clôture en piquets de bois, avec deux portiques d'accès sur ses flancs. Des bandes cimentées pareilles à celles d'un trottoir y délimitaient des allées de graviers au long desquelles s'ordonnaient les carrés de cultures, ainsi que le *toit*, un appentis pouvant être utilisé indifféremment comme poulailler, clapier ou remise. Pierre y entreposait des outils, son attirail de pêche, sa bicyclette. Le jardin profus offrait selon les saisons prunes, pommes, cerises, fraises, et la provende des plants de carottes, de tomates et de poireaux, les touffes de persil et les patates terreuses.

Le grand pommier, le prunier naguère frappé par la foudre où les fruits revenaient, tout cela me rendait sensible le passage du jardin à l'assiette. Les carottes à la huppe velue, rincées à l'eau et débitées en tranches, mijotaient dans le faitout ronronnant avant de déposer sur la langue une saveur tiède et fondante. On pouvait cueillir une fraise, étêter sa collerette, puis l'avaler sur-le-champ toute gorgée d'un soleil rouge et sucré. Ce jardin était vivrier autant qu'ornemental. Mon grand-père y avait essaimé des marguerites, des roses, des zinnias qui composaient comme un tableau agrémenté de senteurs.

Il tenait de la terre la faculté de faire chanter les couleurs.

1965. À l'âge de 8 ans, je suis déjà un lecteur gourmand, comme si je sentais que les livres abritent tous les secrets du monde. Mes parents achètent chaque semaine *Paris Match*, où me requièrent les photos d'astronautes en apesanteur et les pigeonnants de Mylène Demongeot. À Imphy, Pierre Denis lit *Le Journal du Centre*, un quotidien plein de pittoresque agricole et de palmarès de concours de pêche. M'y retient une rubrique hebdomadaire, « Les berdineries d'un arcandier », mélange de réflexions sagaces et d'anecdotes localistes, rédigées dans une langue savoureuse où se voient détaillées les fantaisies de la vie cantonale. Dans le porte-revues de mon grand-père, un hors-série de *L'Humanité* attire mon attention. Il date du printemps précédent et a été édité pour le vingtième anniversaire de la libération des camps nazis, 1945-1965. J'en tourne les pages, où des textes commémoratifs violemment accusateurs, mais comme recueillis, s'accompagnent de nombreuses photographies en noir et blanc. Intrigué, puis effaré dans le silence du regard, je découvre des scènes de supplices, des corps inertes sur des barbelés électrifiés, des bâtiments à hautes cheminées, des fours remplis d'ossements, des châlits dont émergent des morts-vivants en pyjamas rayés. Rien ne m'y a préparé. Que s'est-il passé dans cet autrefois pourtant proche ? Et pourquoi le souvenir en est-il consigné dans cette revue qui me semble comme *réservée*, détentrice d'un secret très retenu ? Rétrospectivement, je me dis que cette mémoire m'est parvenue à travers les pages d'une publication communiste, forte de toute son intransigeance. Sans doute ai-je accédé ce jour-là, par la voie émotive, à une première notion de ce que l'on appelle l'Histoire, non pas les sagas médiévales ou les romans de mousquetaires dont j'avais déjà tâté, mais le récit d'une proximité révolue affectant des vivants. J'ai remis le magazine dans le porte-revues et suis sorti dans le jardin de mon grand-père, un peu étourdi sous la lumière soudain étrange d'un juillet de province, la quiétude d'une cité ouvrière où les visages des aînés, se saluant de clôture à clôture, recelaient peut-être les silences d'un monde d'avant, les abysses d'un effrayant passé.

Un trio de drôles de dames m'est resté en mémoire. Celles que l'on nommait « les cousines » étaient des collatérales du côté Denis. Trois sœurs qui tenaient, en bord de route nationale, l'épicerie du Bourg. En entrant dans leur boutique, un grelot les faisait surgir telles les figurines d'un coucou suisse. On aurait dit les fées volantes du *Cendrillon* de Walt Disney. Elles vendaient à crédit au rythme de la paie des ouvriers.

Marie-Louise, veuve grise au baiser barbu, avait autrefois épousé un Helvète, Maurice Christiné, qui avancerait les fonds permettant d'ouvrir le commerce. Circonspecte, benoîte et comptable, elle tourne la manivelle de la caisse mécanique qui scande sa journée en francs et en centimes.

Jeanne, lunettes rondes et voix chevrotante, l'assiste en remplissant de denrées des sacs de papier crissant. Son époux, Lazare Journet, travaillait au laminoir. Un jet de métal en fusion l'a laissé infirme d'un bras. Puis il est mort.

La plus étonnante des trois s'incarne en la personne d'Augustine. On dirait une grosse tortue à tablier, aimable, giratoire et affairée. Jamais mariée, elle sera longtemps à Imphy, avec l'épouse du garagiste, la seule femme titulaire du permis de conduire. Elle a acquis une Traction noire qu'elle sort parfois du hangar, tel un antique char hippomobile, pour aller quérir aux entrepôts de Nevers des caisses de produits de bouche. Augustine, qui joue du piano, garde en cage un cochon d'Inde qu'elle vouvoie et appelle « Monsieur ». Comme les Christiné, ainsi qu'on les nomme collectivement d'après le patronyme du bailleur de fonds, ont été à l'instigation d'Augustine de toniques commerçantes, c'est dans leur boutique qu'a été installé entre les deux guerres le premier téléphone privé du Bourg, lequel n'a pas tardé à faire fonction de cabine publique. On n'use toutefois de sa manivelle et de son cornet que dans les occasions graves. En 1961, c'est Augustine qui appellera ma tante pour lui apprendre le décès subit de ma grand-mère.

L'appareil est surtout resté dans la légende locale au gré d'un épisode de grand relief. En 1944, alors que les troupes allemandes se retirent, des partisans jonchent de clous la chaussée de la route nationale. En résultent des crevaisons qui immobilisent le convoi. Furieux, des officiers entrent dans la boutique et font appeler par Augustine le maire de la commune afin de dresser une liste d'otages. Arrive Louis Masson, « Loulouche », premier magistrat d'Imphy depuis 1923, un placide et corpulent socialiste qui fredonnait « Frou-Frou » en se rendant au conseil municipal. « Vous voulez des otages, clame-t-il en désignant sa poitrine, en voilà un ! » Et c'est lui seul qu'il propose à la vindicte, voire au peloton d'exécution des troupes en déroute. Impressionnés par sa résolution, laquelle fait apparaître l'inanité de leur menace – fusiller le maire, et après ? – les officiers avancent un compromis : ils repartiront sans représailles si les pneus crevés sont rapidement remis en état. Sollicité, le garagiste Lemaître s'acquitte de la tâche, le convoi se remet en route, et Louis Masson, arrivé sur place grâce au téléphone des Christiné, se verra nimbé d'un halo de gloire jusqu'à sa fin.

Des trois cousines, c'est Augustine qui m'a laissé le souvenir le plus relevé. À ses sœurs amenuisées par les veuvages, elle opposait sa constance de célibataire et la virile conduite de sa Traction, même si on la disait nostalgique d'un béguin d'autrefois pour un médecin, resté sans lendemain. Sa fin fut plus triste. Une vieille tuberculose se réveillait. Cette économe avisée avait caché quelques numéraires sous son lit, sa domestique la volait. La cage du cochon d'Inde restait vide. Les trois sœurs s'éteignirent, je ne sais plus dans quel ordre, telles des loupiotes soufflées par le vent. Il y a bien longtemps que je ne suis passé devant le siège de leur ancienne boutique. À la façon de l'entrée du terrier d'un lièvre de conte, s'ouvre là l'une des bouches du passé.

Étés des années 1960, pays de l'étrange bonheur, époque d'enfançons libérés des fatalités proches, familles involuées en escargots, fantôme conjuré de la guerre, récits tus ou transmis, projections mentales dans les romans d'autrefois – je lisais Paul Féval et Victor Hugo –, Paris comme la ville lointaine des conjurations et des *Misérables*, la France du Général et de Leny Escudero, des DS 21 et des bidonvilles, aubes radieuses sur les cités nouvelles, passage ennuagé de Nounours et du Marchand de sable, conscrits au bal du samedi soir et catherinettes coiffées, apothéose d'Astérix, douleur des *rapatriés*, douce voix de Françoise Hardy, cinémas avec court-métrage et actualités, cerises sapides sur les marchés, télévision en noir et blanc, Jean-Luc Godard et ses lunettes noires, bikinis sur les plages avec Teppaz, Jean

Nohain et sa moustache, le pont de Tancarville et les Caravelles dans le ciel, lents après-midi sous une ombre d'avant, porte-drapeaux à bérets devant les monuments aux morts, accent rocailleux de Jacques Duclos, twist et collants orange, intrigues des *Six compagnons* et du *Club des cinq*, boucheries chevalines et kiosques à journaux, *Le Jour le plus long* et *La Grande Vadrouille*, ombres portées des guerres et des héros, Malraux devant le Panthéon, passage des nuits sans alertes, sentiment de la vastitude du monde, astronautes en orbite et starlettes sur la Croisette, je ne sais comment les hommes d'autrefois habitaient ce temps, les silences de mon grand-père ne m'en ont pas donné la clef, ni le vent qui passait sur les hivers, ni le soleil qui écrasait les campagnes, et les éclats de lumière que l'aube réveillait sur un pays d'ancienne mémoire.

La santé de mon grand-père se dégrada lentement. À la mort de Léonie, il était allé pleurer dans le *toit.* « Ma pour'gamine, t'es ben jeune pour mourir », soupirait-il. Je ne peux qu'imaginer la voix fantôme de ces années où sa jeune épouse lui susurrait tendrement à l'oreille : « Mon Pierre. » Ce passé était scellé comme un puits. Terrassé par le décès de sa femme, il avait pris en 1961 une retraite anticipée pour raisons médicales. Je l'ai connu bienveillant, taciturne et brisé.

Toujours soigneusement vêtu, rasé de frais, il boutonnait ses chemises à carreaux jusqu'en haut, portait des bourgerons de toile grise, ne quittait jamais sa casquette. Lui qui ne posséderait jamais d'automobile et ne prit jamais l'avion restait un homme des marches silencieuses. Il arpentait la campagne environnante dont il déchiffrait les signes immémoriaux. Si l'on entend chanter le pivert, ou si les vaches se regroupent sous un arbre, c'est qu'il va pleuvoir. La forme de la lune, en C ou en D, a une influence sur les semis. Son père savait faire parler les pies comme des perroquets : lui reconnaissait les oiseaux qui venaient donner des coups de bec à sa fenêtre. On lui avait appris à poser des collets, il serrait désormais dans ses poches des élastiques, utiles pour la pêche.

Tous les jours, il lisait. *Le Journal du Centre*, *L'Émancipateur*, *L'Humanité Dimanche* lui donnaient des nouvelles du monde. Il ne dédaignait pas les faits divers de *Détective*, mes parents l'avaient abonné à *Sélection du Reader's Digest*. Peu de livres, mais un manuel de philosophie et un ouvrage de Sartre. Des inventions d'époque l'avaient étonné, les transistors, les dessins animés, la télévision. Il aimait les atlas et les aimants. Sa pudeur était comme une virilité.

Sa fille Monique et son époux Henri veillaient sur lui. Une fois par semaine venait la femme de ménage, madame Ragueneau. Elle préparait à ce veuf un rôti ou un poulet pour la semaine. Homme de peu de mots, il faisait répéter à l'enfant que j'étais des phrases ludiques ou tarabiscotées. « C'est un original qui ne se désoriginalisera jamais. » Ou bien : « Tous les petits pots de beurre ne se dépetipotinent pas. » Je devais scander en accéléré : « Panier, piano » ou « Pruneaux cuits, pruneaux crus ». Ses jurons préférés ? « Fi de punaise ! » ou « Fi de poussier ! ». Pierre considérait pensivement ses petits-enfants, mon frère Philippe, mes cousines Joëlle et Nathalie, en leur disant : « Vous verrez l'an 2000. » L'un d'entre nous ne le vit pas. Informé de mes bons résultats scolaires, il lâchait : « Le vieux Marc il va bien y arranger. » Cela voulait dire que le petit garçon ferait de belles choses plus tard. J'étais une promesse aux genoux écorchés.

Pour l'heure, j'avais trouvé ma place dans son jardin, disposant entre les herbes et les mottes de terre retournée de minuscules soldats de marque Airfix lancés dans des guerres lilliputiennes. Au cœur d'une jungle miniature, sous l'orbe d'un fraisier, je mettais en scène les assauts d'un passé de plastique, où des Confédérés de la guerre de Sécession succédaient à des légionnaires romains, avant que les Tommies en short de la VIIIe Armée britannique affrontent les motards de l'Afrika Korps. Sous l'immensité ouverte du ciel d'été, des combats de microcosme fleurissaient entre deux laitues, que dérangeait parfois, tel le monstre à écailles d'un film de science-fiction, le passage d'un petit lézard vert.

Mon grand-père allumait sa télévision pour le journal parlé de la mi-journée, s'enquérant des nouvelles du monde sans trop les commenter. En juillet, il suivait chaque après-midi les étapes du Tour de France – je me souviens des victoires de Roger Pingeon et de Lucien Aimar, et du jour de 1967 où l'on vit en images tremblées un coureur tomber inconscient sur les pentes du Ventoux – le Britannique Tom Simpson, victime mortelle du dopage. Comme mes parents refusaient d'acheter un téléviseur pour ne pas nous distraire de la lecture, c'est chez mon grand-père que je découvrais l'été des émissions dont les titres mêmes me laissent dans l'œil un prisme noir et blanc, dans l'oreille une brume d'incantations. *La Séquence du jeune spectateur*, *Rintintin* (et Rusty), *Intervilles*, *Capitaine Troy* (aventures dans les mers du Sud), *Janique Aimée*, *Cinq colonnes à la une*, *Le Magazine féminin* (de Maïté Célérier de Sannois), et le petit train des *Interludes*, dont l'avancée bénigne était parfois interrompue par une annonce des speakerines Catherine Langeais ou Jacqueline Caurat.

Les amis de mon grand-père venaient suivre les matchs de football sur son écran. Ils commentaient telle phase de jeu d'un « corner » sonore, en roulant les r. J'ai côtoyé ces voisins dont me reviennent les profils. Il y avait là François Benoyer, homme de crayons et de carnets, employé à l'usine dans le service des *pointos*, les agents préposés à la paie des ouvriers. Il avait épousé la Nini, cartomancienne issue d'une famille de forains, pratiquant jeune ses voyances au cirque Prin, sédentarisée à Imphy par mariage. Courte de taille et boulotte de complexion, la Nini appelait « petit » son époux qui la dominait de trois têtes. Leur fille Odette passait pour une dévergondée, séjournant régulièrement à Paris chez une tante pour aller lever des apaches au Balajo. On disait que Benoyer était rentré un soir chez lui si éméché que, les sens troublés, il avait pissé dans le placard. Je me souviens de leur bonté.

Je revois Marcel Favier, un ancien de l'usine, si pingre que son épouse, une asperge à queue-de-cheval, devait laver le linge des autres pour se faire des sous. Il se rachetait comme bénévole de la Croix-Rouge, spécialiste des piqûres à domicile. Conséquemment, leur fille Jacqueline était devenue infirmière, tandis que leur fils Jean-François, alias Kiki, un chenapan qui cachait les vélos, changea de vocation et de cycle en entrant au Cadre noir de Saumur.

Je me souviens de Léon Sauvage, un vert-galant qui avait épousé une fille unique, Dédée, mais dont l'on disait qu'il fréquentait le « grenier » de l'usine, une pièce surélevée où quelques ouvriers à l'œil allumé retrouvaient à la pause de midi des ouvrières mutines. Leur fils Jeannot deviendrait électricien, leur fille Simone infirmière, leur fils Raymond s'installerait à Clermont-Ferrand où il épouserait une institutrice.

Au long de mon enfance, ils figurent des visages incidents, pittoresques, des femmes et des hommes traversant des jardins. J'ai pu les côtoyer en toute inconscience de leur condition, de ses rigueurs, de leurs conquêtes. Ma vie se déroulait ailleurs, dans une distance que marquait le trajet en automobile ralliant Lyon à la Nièvre. Canaux ombragés, routes nationales, cheminement protégé par les frondaisons départementales vers le pays d'avant. Je n'en ai pas connu l'hiver, seulement les juillets. Ces êtres à l'existence concrète et assignée, mais non exempte d'espoirs, manifestaient dans leur contingence l'idée d'une autre vie. J'ai à leur endroit une dette de racine autant que d'altérité. En m'étant proche et différente, leur singularité me dessinait un possible. Comme eux autrefois, j'avais l'avenir devant moi. Par une sorte de paradoxe temporel, leur passé fléchait mon futur.

L'âge venant, Pierre Denis s'inscrivit aux voyages du Club des anciens. Par autocar, il découvrit Porquerolles, le Pradet, Balaruc-les-Bains. En Bretagne, lui et ses compères s'achetèrent des shorts. C'était une nouveauté. Il aimait les cartes postales mais ne posséda jamais d'appareil photo. Le Midi lui inspira ce constat : « Il n'y a pas de vaches et pas tellement d'oiseaux. » Mon grand-père était à la fois insulaire et informé, mais la mesure de la vie restait pour lui son jardin. Lors de ces voyages du troisième âge, cet enclos de boutures et de senteurs lui manquait.

Il avait trouvé sa place dans le monde.

Son état s'altéra au début des années 1970. Il partit en cure à Pougues-les-Eaux, problèmes pulmonaires sans avoir jamais fumé, séquelles de la vie d'usine, un diabète. Il séjourna plusieurs mois à Mardor dans une maison de santé. Il y apprit la vannerie et sympathisa avec une accorte rousse qui fut sans doute son ultime béguin. Il n'osa toutefois pas la ramener chez lui.

Mon grand-père avait survécu seize ans à son épouse. Inconsolé sans plainte, mais comme tassé par un chagrin muet, il laissa tomber ces mots en quittant une dernière fois sa maison pour l'hôpital de Nevers : « Je pars pour les Amériques. » Il regarda son jardin et s'en fut mourir dans un lit étranger. C'était en 1977.

Pierre Denis avait rejoint ses Amériques.

Ce livre doit tout à trois femmes, ma mère Jacqueline, ma tante Monique, leur cousine Rachel. La conversation nous relie à un temps de saveurs. Ma tante a cuisiné le rôti, les pommes de terre rissolées, la salade aillée, la tarte aux quetsches. Ma mère est désormais nonagénaire. Elles parlent avec douceur de leurs pères. Je reconnais chez elles la vivacité d'esprit, la finesse de jugement, l'équanimité attentive qu'elles ont longtemps prodiguée aux enfants des autres, comme elles ont rendu ses égards à la vie.

Nous parlons des êtres d'autrefois. Ils s'accordaient au monde donné sans renoncer à le transformer. Qu'est-ce que la noblesse d'une existence qui se voit plus déterminée par l'origine que par le choix ? Il y avait dans leur proximité des vies très mutilées, cela n'était pas mince et donnait prise aux destructions intimes. J'entends pourtant dans les propos de leurs filles l'écho d'une allégresse combative, et rien du ressentiment de l'humilié. Peut-être l'esprit d'un temps où l'unité de la conscience prémunissait contre l'impudeur de la plainte, avec pour antidote la fierté. « Il faut bien marquer que nous étions des ouvriers », dit Rachel. Leurs parents savaient que leurs descendants ne seraient pas de la même classe sociale qu'eux. Ils les verraient partir avec l'espoir de n'être pas reniés.

Ils ne l'ont pas été.

Dans la vie de ces trois femmes, des estimes se sont consolidées pour n'être que rarement sujettes à déception. Une considération exempte de hiérarchies préalables s'attache pour elles aux qualités de ceux que distinguent un courage, un talent, une singularité. L'égalité du regard est garante de l'appréciation des mérites. Tous les habitants de l'archipel ne sont pas malheureux. Il reste des îles possibles dans une France troublée.

Je paie ma dette. Le petit garçon qui regardait est devenu l'homme qui se souvient. J'ai désormais atteint l'âge de mon grand-père lorsque je le côtoyais dans mon enfance. On croit parfois conquérir avant de comprendre que l'on retrouve. J'écris ici comme un être de la mémoire secondaire qui a vécu quelques étés d'avant dans un monde finissant. Sans ces fantômes, la main qui paraphe ne grifferait qu'une page blanche. Ces pauvres m'ont fait riche.

J'ai le souci de ne pas décevoir leur digne passé.

Cet ouvrage a été achevé d'imprimer
par Normandie Roto Impression s.a.s à Lonrai
pour le compte des éditions Grasset
en janvier 2023.

Mise en pages
PCA 44400 Rezé

PAPIER À BASE DE FIBRES CERTIFIÉES

Grasset s'engage pour l'environnement en réduisant l'empreinte carbone de ses livres. Celle de cet exemplaire est de :
350 g éq. CO_2
Rendez-vous sur www.grasset-durable.fr

N° d'édition : 22668 – N° d'impression : 2205267
Dépôt légal : février 2023
Imprimé en France